nickelodeon™

DORA
L'EXPLORATRICE™

La POLiTesse AVeC DORa

par Christine Ricci
illustré par Susan Hall

PRESSES AVENTURE

© 2004, 2012 Presses Aventure pour l'édition en langue française.
© 2004 Viacom International Inc. Toute reproduction interdite. Nickelodeon, Nick Jr.,
Dora l'Exploratrice ainsi que les logos, les personnages et les autres titres qui s'y rapportent
sont des marques de commerce de Viacom International Inc.

Publié par Presses Aventure, une division de
Les Publications Modus Vivendi Inc.
55, rue Jean-Talon Ouest, 2ᵉ étage
Montréal (Québec) H2R 2W8
CANADA

Publié pour la première fois en 2004 par Simon Spotlight/Nickelodeon
sous le titre *Dora's Book of manners*.

Traduit de l'anglais par Catherine Girard-Audet

Dépôt légal : Bibliothèque et Archives nationales du Québec, 2004
Dépôt légal : Bibliothèque et Archives Canada, 2004

ISBN 978-2-89660-411-1

Nous reconnaissons l'aide financière du gouvernement du Canada par
l'entremise du Fonds du livre du Canada pour nos activités d'édition.

Gouvernement du Québec — Programme de crédit d'impôt
pour l'édition de livres — Gestion SODEC

Imprimé au Canada

C'est une belle journée ensoleillée! Dora et Babouche jouent à cache-cache dans le Jardin Fleuri.

« Je t'ai trouvé », dit Dora en pointant l'arbre.

« Tu m'as attrapé ! » lui répond Babouche en riant.

Mais soudain, Dora s'arrête : « Oh, mince ! Je crois entendre quelqu'un pleurer. »

Dora et Babouche suivent le bruit qui les mène jusqu'à Pompon, le lutin grognon.
« Bonjour, dit Dora. Quelque chose ne va pas ? »

«J'étais tellement grognon ce matin que, lorsque mon ami Souris est venu pour jouer, je lui ai dit de partir, répond le lutin. Mais maintenant, je suis triste, car je n'ai pas été très gentil avec Souris et je crois que je lui ai fait de la peine. Comment pourrais-je me réconcilier avec Souris?»

«Nous allons vous aider», répond Dora.

«Hourra! dit Pompon. Pouvez-vous m'aider à résoudre quelques énigmes sur l'importance d'être gentil?»

«Bien sûr, s'exclame Babouche. Nous adorons les énigmes!»

«D'accord, voici la première», dit le lutin.

«C'était une erreur d'être grognon envers Souris. Quelle est la bonne chose à dire pour que mon ami me pardonne?»

«C'est une bonne idée! Je vais dire à Souris que je suis désolé! s'écrie Pompon. Mais je ne sais pas où il se trouve», continue-t-il d'un ton triste.

«Nous pouvons demander à Carte, dit Dora. Tu n'as qu'à dire : Carte!»

«Je sais où se trouve Souris, dit Carte. Il est vite retourné chez lui. Vous devez traverser le lac du Serpent qui éternue et la montagne du Dragon. Vous apercevrez ensuite la maison de Souris.»

Dora, Babouche et Pompon arrivent bientôt au bord du lac.
«Comment allons-nous traverser le lac?» demande Babouche.

«Regarde, c'est Tico! Il vient vers nous, dit le lutin. Quels sont
les bons mots pour l'accueillir?»

«Allô! *Hello, Tico!*» salue le lutin. Tico offre aux trois amis de traverser le lac à bord de son bateau.

Ils enfilent leur gilet de sauvetage et ils montent à bord du bateau. Un serpent éternue! «Atchoum! Atchoum!»

«Oh non! dit Pompon. Ces éternuements me chatouillent le nez. Je crois que je vais éternuer.»

«À votre avis, que dois-je faire pour être poli quand je sens que je vais éternuer?»

Tico navigue en contournant les serpents.

Une fois arrivés au quai, Dora, Babouche et le lutin sortent du bateau. Le lutin dit alors :

« Tico nous a permis de traverser le lac à toute vitesse !
Comment lui faire savoir que nous apprécions ce geste ? »

« Thank you, Tico! » dit le lutin
« You're welcome! » répond Tico en naviguant au loin.

«Où allons-nous maintenant?» demande Babouche.

«Je sais! dit le lutin. Nous devons nous rendre à la montagne du Dragon.»

«Vois-tu quelque chose qui pourrait nous y emmener?» demande Babouche.

«Regardez! Notre amie Val la pieuvre conduit ce camion de crème glacée. Je suis certaine qu'elle peut nous conduire à la montagne du Dragon», dit Dora.

«Je me souviens quoi dire», dit le lutin en s'écriant «*Hello!* Allô!» Val arrête son camion et ils montent tous à bord.

Au sommet de la montagne du Dragon, des dragons surgissent et bloquent la route.

« PARTEZ D'ICI ! » crie le lutin. Mais les dragons ne bougent pas.

« Hum, crier ne fera pas peur à ces dragons. Si je veux qu'ils s'éloignent, que devrais-je leur dire ? »

«S'il vous plaît, dragons, pourriez-vous quitter le chemin?» demande le lutin.

«Nous sommes désolés! répondent les dragons. Nous ne voulons pas bloquer la route! Nous voulons seulement de la crème glacée! S'il vous plaît? *Please?*»

«Bien sûr!» dit Val en leur donnant chacun un cornet de crème glacée.

Ils entendent alors un bruit qui provient des airs.

«Regardez, c'est Chipeur! Il va tenter de nous chiper notre crème glacée», dit Babouche.

«Nous devons l'arrêter, dit Dora. Il faut dire : Chipeur, arrête de chiper!»

«Oh, mince!» dit Chipeur en s'envolant au loin.

«Hum, dit le lutin. Chiper n'est pas très poli. Si Chipeur l'avait demandé gentiment, il aurait eu de la crème glacée lui aussi!»

Dora, Babouche et le lutin arrivent enfin à la maison de Souris.
Le lutin frappe à la porte et dit:
«Souris, sors, je t'en prie. Je voudrais m'excuser.»

«Je suis désolé d'avoir été grognon. Je n'ai pas été un bon ami. Peux-tu me pardonner ? S'il te plaît ? *Please ?* » demande le lutin.

«Oui ! Je te pardonne !» répond Souris heureux de retrouver son ami.

«Merci ! *Thank you !*» dit le lutin.

«Hourra ! s'écrient Dora et Babouche. Souris et Pompon sont de nouveau amis ! C'est gagné !»

Pompon le lutin est si content qu'il se met à danser en chantant :

« J'ai appris beaucoup de choses aujourd'hui. Il faut être gentil pour garder ses amis. Les amis nous aident et font attention à nous, et ils sont toujours là. Alors, je serai gentil et poli… du moins pour aujourd'hui ! »